Les Quatre Diables

Herman Bang
Les Quatre Diables

Excentrisk Novelle

imprimatur

FSC
www.fsc.org
MIX
Papir fra
ansvarlige kilder
Paper from
responsible sources
FSC® C105338

Herman Bang;
Les Quatre Diables.
Excentrisk Novelle.
1890
© 2019 Bang, Herman
Forlag: BoD – Books on Demand, København, Danmark
Tryk: BoD – Books on Demand, Norderstedt, Tyskland
ISBN: 9788743013259

I

Regissørens Klokke lød. Langsomt kom Publikum på Plads, mens Trampen på Galleriet, Snakken i Parkettet, Appelsindrenges Råb overdøvede Musikken — og endelig også de sløve Folk i Logerne kom til Ro og ventede.

Det var Numret: *Les quatre Diables*. Man så det på det udspændte Net.

Fritz og Adolphe løb i Artisternes Gang ud af Garderoben; råbende, med de grå Kåber slaskende om deres Ben, løb de hen gennem Gangen og bankede på hos Aimée og Louise.

De to Søstre ventede, febrilske de også, i de hvide, lange Silkekåber, som indhyllede dem helt — mens Duennaen, med en Kapothat på skæv, uafladelig råbte i Diskanten og løb forfjamsket rundt med Pudder, Armsminke og knust Harpiks til Hænderne.

— Kom, råbte Adolphe: det er Tid.

Men alle løb de rundt om hinanden endnu et Øjeblik, modløst, grebne af Feberen, der tager alle Artister, når de føler Trikot'et om deres Ben.

Duennaen skreg højest.

Kun Aimée rakte roligt Armene frem af de lange Ærmer, hen mod Fritz. Og hastigt, uden at se på hende og uden at tale, førte han mekanisk en Pudderkvast op og ned ad de fremstrakte Arme — som han plejede.

— Kom, råbte Adolphe igen.

De gik alle ud med hinanden i Hånden og ventede.

De stillede sig op ved Indgangen, og de hørte der inde fra de første Strofer af "Kærlighedsvalsen", til hvilken de arbejdede.

Amour, amour,
oh, bel oiseau,
chante, chante,
chante toujours.

Fritz og Adolphe kastede deres Kåber på Jorden, så de stod skinnende i den rosa Dragt, et Rosa, så blegt, at det næsten var hvidt. Som nøgne — hver en Muskel sås — virkede deres Kroppe.

Musikken blev ved at lyde.

I Stalden var der ganske tomt og stille. Et Par Hestepassere havde uforstyrret Bøsserne nede til Undersøgelse, og de stod og løftede mistænksomt på det meget tunge Kobber.

Indgangsstrofen lød: "de fire Djævle" gik ind på Manegen. De hørte Bifaldsklappene som et utydeligt Brus, og de skelnede ingen Ansigter. Det var, som alle Fibre i deres Kroppe allerede vibrerede af Anspændelse.

Så løste Adolphe og Fritz rask Louises og Aimées vide Kåber, der faldt ned på Sandet, og Søstrene stod der under hundrede Kikkerters Ild, nøgne i deres sorte Trikots, som to Negerinder med hvide Ansigter.

De svang sig alle op i Nettet, og de klatrede op, en hvid, en sort, en hvid, en sort, som fire hidsige Dyr, mens alle Kikkerter fulgte dem.

De nåede Trapezerne, og de begyndte at arbejde. De syntes at flyve mellem de raslende Gynger, hvis Messingstænger lyste. De favnede hinanden, de fangede hinanden, de æggede hinanden ved Skrig; det var, som de hvide og sorte Kroppe elskovsfuldt knyttedes sammen og løstes, knyttedes og løstes i en æggende Nøgenhed. Mens Kærlighedsvalsen lød med sin søvnig smægtende Rytme, og Kvindernes Hår, når de fløj gennem Luften, udslået, faldt flagrende ned om den sorte Blottelse — som en Atlaskeskåbe.

De standsede ikke. Nu arbejdede de over hinanden, Adolphe og Louise øverst.

Op imod dem lød Bifaldet som en forvirret Mumlen, mens Artisterne i deres Loge (hvor Duennaen stadig var forrest, hed, bestandig med den rosenbesatte Kapothat på skæv, klappende for med de bare, kladskende Hænder) fulgte "Djævlene" i Kikkerter, studerende Fiffene i deres Dragter, hvis Forvovenhed i Artistverdenen var berømt:

— *Mais oui*, deres Hofter er nøgne ...

— Fiffet er, at man ser Lænderne, råbte de i Artistlogen i Munden på hinanden.

Den trivelige Forriderske i "Ridderspillet fra det sekstende Århundrede", Mlle. Rosa, lagde Kikkerten tungt fra sig.

— Nej, hun har intet Korset, sagde hun, svedig i sit eget drøje Panser.

De blev ved at arbejde. Det elektriske Lys skiftede blåt og gult, mens de fo'r gennem Luften. Fritz skreg op: hængende i Benene fangede han Aimée i sine Arme.

Så hvilte de, siddende i samme Trapez, ved Siden af hinanden.

Over sig hørte de Louises og Adolphes Råb. Aimée talte med hivende Bryst om Louises Arbejde:

— *Voyez donc, voyez*, råbte hun.

Louise blev fanget af Adolphes Ben.

Men Fritz svarede hende ikke. Han stirrede kun, mens han mekanisk blev ved at aftørre sine Hænder i det lille, ophængte Klæde, ned mod Logebræmmen, der strakte sig lys og urolig under dem som den lystfarvede Rand af et bevæget Bed. Og pludselig tav også Aimée, stirrende frem i samme Retning som han, indtil Fritz sagde, som rev han sig løs:

— Det er os, og hun vågnede i et Sæt.

De tørrede atter deres Hænder i Klædet, og de kastede sig ned, så de hang i Armene, som for at prøve deres Musklers Kraft. Så satte de atter op. Sjælen boede i deres Øjne, hvormed de målte Trapez'ernes Afstand.

På én Gang skreg de begge:

— *Du courage.*

Og Fritz fløj frem, baglænds mod den fjerneste Trapez, mens Louise og Adolphe oppefra udstødte et langt vedholdende Skrig, som vilde de spore et Dyr.

Amour, amour,
oh, bel oiseau,
chante, chante,
chante toujours.

Deres store Nummer begyndte. De satte baglænds fra under hæse Råb, fløj forbi hinanden, nåede. De gentog det og skreg påny. Og oppefra, fra Rotunden, faldt der, mens Louise og Adolphe snurrede som to ustandselige Hjul i deres Gynger, pludselig en Regn af glitrende Guld som en gylden Støvsky, der lysende og langsomt sank — gennem de elektriske Lampers blanke Strøm af hvidt.

Et Nu så det ud, som om Djævlene fløj gennem en skinnende Stime af Guld, mens Støvet, der langsomt dalede, plettede deres Nøgenhed med tusinde Pailletter, der strålte.

Amour, amour,
oh, bel oiseau,
chante, chante,
chante toujours.

Da skød de, én efter én, hovedkuls, gennem den glimtende Regn, ned i det udspændte Net, og Musikken tav.

De måtte frem og frem igen.

Fortumlede støttede de hinanden, som blev de på en Gang svimle. De gik ud og gik ind. Så stilnede Bifaldet af.

Stønnende løb de ind i Garderoberne, og Adolphe og Fritz kastede sig på Gulvet på en Madrats, plat ned, indhyllede i et Tæppe. Dér lå de en Stund, de sansede næppe. Så stod de op og klædte sig om.

Adolphe så fra sit Spejl hen til Fritz, der var i Staldmester-Kjole:

— Vil Du gøre "Tjeneste"? spurgte han. Og Fritz sagde mut:

— Direktøren har bedt mig.

Han gik ind til de andre, som havde Staldmestervagt ved Indgangen, og som, dødstrætte ligesom han, hemmelig skiftedes til et Øjeblik at hvile de segnefærdige Kroppe mod Væggene.

Efter Forestillingen samledes Truppen i Restauranten. "Djævlene" sad, ved det samme Bord, alle fire tavse ligesom de andre. Ved et Par af Bordene begyndte man at spille Kort — bestandig uden at tale. Man hørte kun Pengenes Lyd, der blev skubbede hen over Bordet.

De to Kelnere ventede foran Buffet'en, stirrende sløvt på alle de stille Folk. Dorske, med Benene strakte langt frem foran sig og med Armene hængende slapt ned, som var de af Led, blev Artisterne siddende langs med Væggene.

Kelnerne begyndte at skrue Gassen ned.

Adolphe skød Pengene hen ved Siden af en af Sejdlerne og rejste sig.

— Kom, sagde han. Vi skal gå.

Og de andre tre fulgte efter.

Gaderne var allerede ganske øde. De hørte ikke anden

Lyd end deres egne Trin, mens de gik, to og to, ligesom de arbejdede. De nåede deres Hus, og de skiltes på første Sal på den mørke Gang med et lavt "Godnat".

Aimée blev stående på Afsatsen i Mørket, til Fritz og Adolphe var komne op på anden Sal, og deres Dør var lukket.

De to Søstre gik ind, og uden Ord begyndte de at klæde sig af. Men da hun var kommen i Seng, begyndte Louise at pludre om de andres Arbejde, om hvem der havde været i Logerne, om Stamgæsterne: hun kendte alle Ansigter ...

Aimée sad endnu stadig på Kanten af sin Seng, halvt påklædt, uden at røre sig. Louises Snakken blev mere afbrudt. Tilsidst faldt hun i Søvn.

Men lidt efter vågnede hun igen og satte sig op i Sengen. Aimée sad endnu på den samme Plet, på Sengekanten.

— Skal Du ikke i Seng? sagde Louise. Aimée slukkede hastig Lyset.

— Jo nu, sagde hun og stod op.

Men i Sengen sov hun ikke. Hun tænkte kun på det ene: at Fritz' og hendes Øjne aldrig mødtes mer, når han pudrede hendes Arme ...

... Ovenpå var Fritz og Adolphe til Ro. Men Fritz kun kastede sig på Sengen som under en Pine:

— *Var* det da ham, og hvad var det, hun vilde, hun, den Kvinde fra Logen? *Vilde* hun? Men hvorfor så hun ellers på ham og altid? Hvorfor strejfede hun ham ellers og så nær? Var det ham?

Og *vilde* hun?

Han havde ikke anden Tanke end denne Kvinde.

Ikke anden fra Morgen til Nat. Kun hende. Han løb omkring i det ene Spørgsmål som et Dyr i sit Bur: om hun virkelig *vilde* — den Kvinde i Logen?

Og bestandig, altid, uafladelig fornam han Duften af hendes Klæder, når hun kom ned og gik ham forbi.

Altid *ham* tæt forbi, når han stod som Staldmester.

Men *var* det da ham? Og hvad var det, hun vilde?

Han blev ved at kaste sig forpint, og han sagde den ene Gang efter den anden ud i Mørket, som om Ordet fascinerede ham:

— *Femme du monde*, Gang på Gang, ganske sagte, som i en Fortroldethed:

— *Femme du monde* — —

Og han begyndte alle sine Spørgsmål påny: Om det var ham, om det var ham?

... Aimée var igen stået op. Ganske stille listede hun frem over Gulvet. I Mørket famlede hendes Fingre efter Rosenkransen, der lå i Skuffen, og hun fandt den ...

I Huset var der ganske tyst.

II

"Djævlene" havde "arbejdet".

Adolphe brugte Mund i Garderoben, fordi Fritz, som han sagde, ødelagde deres Kontrakt ved sin evige Staldmestertjeneste, skønt "Djævlene" var fritagne.

Men Fritz svarede slet ikke. Hver Aften tog han Staldmesteruniformen på og stillede sig ved Logeopgangen og ventede, til "Damen fra Logen" ved Mandens Arm kom ned ad Trappen og gik ham forbi. Hun opholdt sig ofte i Stalden nu, under den sidste Afdeling. Så fulgte han dem.

Hun talte med Staldkarlene. Fritz fulgte. Hun klappede Hestene, hun læste Navnene højt, som var opslået over Bå-

11

sene. Fritz fulgte.

Til ham talte hun ikke. Men hun gjorde alt for ham — han *vidste* det; og ved tusind små Bevægelser, ved en Rankning af deres Ryg, ved at udstrække deres Arm, ved Lynet af et Blik ligesom udstillede de sig hemmeligt for hinanden. De to. Den ene ligesom undersøgte den anden, mens de bestandig blev i Afstand — altid samme Afstand, hvor de tøvede, og dog var bundne, som om den fælles Drift havde indfanget dem i en sær Dobbeltslynge, der holdt dem begge uløseligt. Hun skiftede Plads, læste over en ny Bås et nyt Navn.

Fritz fulgte.

Hun lo, hun gik frem, og hun gik tilbage; for Hundene kælede hun.

Fritz fulgte.

Hun førte, han fulgte.

Se på hende syntes han ikke at gøre. Men hans Øjne rugede ved Kanten af hendes Kjole, på hendes udstrakte Hånd, med et Blik som hos de stærke Dyr, der tæmmes, et Blik, der lurer og hader og véd sig afmægtigt på samme Tid.

En Aften gik hun henimod ham. Hendes Mand var et Stykke borte. Han slog Øjnene op, og hun sagde lavt:

— Er De bange for mig?

Han tav lidt.

— Jeg véd ikke, sagde han så, hæst og hårdt.

Og hun fandt ikke mer at sige — forvirret eller næsten angst (en Angst, der pludselig gjorde hende nøgtern) ved det Attråens Blik, som hun følte rugede på hendes Fødder.

Hun vendte sig, og hun gik bort med en lille Latter, der irriterede hendes eget Øre.

Den næste Aften var Fritz ikke Staldmester. Han havde sagt til sig selv, han vilde undgå hende. Han havde al Artisternes opsparede Frygt for Kvinderne som for en Fordærvelse. Han betragtede dem som mystiske Fjender, der lå på Lur, fødte for at eftertragte hans Kraft. Og når han en sjælden Gang hengav sig — pludselig, greben af det uovervindelige Instinkt — var det med en Slags fortvivlet Desperation, med et hævnsygt Had til den Kvinde, som tog og røvede ham et Stykke af hans Legeme, en Sum af hans Styrke — det, som var hans dyrebare Værktøj, selve hans Middel til at leve.

Men for denne Dame fra Logen frygtede han dobbelt, hun, der var en Fremmed og ingen af hans; thi hvad vilde hun? Selve Tanken på hende pinte hans sene Hjerne, der ikke var vant til at tænke. Han vogtede med en mistænksom Angst på hver Bevægelse af den fremmede af en anden Race, som vilde hun ham noget hemmelighedsfuldt ondt, han vidste, han ikke kunde undslippe.

Han vilde ikke se hende mere — nej, han vilde ikke se hende.

Løftet blev ham let at holde; thi hun kom slet ikke. Ikke to Dage, ikke tre — kom hun. Den fjerde Aften stod Fritz atter som Staldmester. Men hun kom ikke. Ikke den Aften. Ikke den næste.

Så lang Dagen var, tænkte han med Angst på: "Når hun kommer"; og om Aftenen følte han en dump Harme, et brutalt, men stumt Raseri, fordi hun ikke kom.

Så havde hun altså holdt ham for Nar. Så havde hun altså spottet ham. Hun, *Kvindemennesket*, hun. Men han vilde hævne sig, han skulde finde hende, *Kvindemennesket*, hende.

Og han så sig selv dængende hende til med Slag, sparkende hende med Hælen, krumpinende hende, så hun bøjede sig, så hun krympede sig, så hun lå halvdød af hans Vold:

13

hun, Kvindemennesket, hun.

Timer lang lå han om Natten hen i stum Rasen.

Og hans Attrå voksede sig fortvivlet grisk i hans første søvnløse Nætter, han der aldrig havde ligget søvnløs før.

Så kom hun — den niende Dag.

Fra Trapez'en så han hendes Ansigt — som han ligesom mægtede at se med en anden Sans end Øjets — og med et pludseligt Sæt, som i en Drengs sanseløse Jubel, slyngede han sit skønne og slanke Legeme ud i Luften, hængende i de strakte Arme.

Hele hans Ansigt strålede af et skinnende Smil, og han svang sig atter op.

> *Amour, amour,*
> *oh, bel oiseau,*
> *chante, chante,*
> *chante toujours.*

Sagte vuggede han det blonde Hoved i Takt med Valsen; og han greb Aimées Hånd, fast og glad, som ikke i mange Dage, og han talte til hende:

— *Enfin* — *du courage*, råbte han højt.

Det lød som et Sejrsskrig.

Baglænds satte han fra og skreg, greb og fo'r, fløj gennem Luften:

> *Amour, amour,*
> *oh, bel oiseau,*
> *chante, chante,*
> *chante toujours.*

Og da han i sin Staldmesteruniform siden kom ud i Stal-

14

den og så hende, stod han atter stum og fjendtlig og betragtede hende hadsk med det samme Blik, der ikke turde se hende ret i Øjnene.

Men efter Forestillingen, inde i Restauranten, blev han pludselig atter overgiven,, næsten vild. Han lo, og han gjorde Kunster. Han legede med Kopper og med Sejdler, og sin Silkehat lod han på Kant balancere på Enden af sin Stok.

De andre Artister kom med i Lystigheden.

Klovnen Tom hentede sin Harmonika og spillede, mens han med sine lange Ben skrævede hen over Stolene.

Der blev et uhyre Halløj. Alle gjorde Kunster. Mr. Fillis lod et mægtigt Kræmmerhus balancere på sin Næse, og to, tre Klovner kaglede, som var man midt i en Hønsegård.

Men Fritz råbte højest, stående op på et Bord; spillende Bold med to Glaskupler, som han havde skruet af Lysekronen, skreg han ind i Spektaklet, mens hans lyse Ansigt strålede:

— *Adolphe, tiens.*

Adolphe greb Kuplen, stående på det næste Bord.

Artisterne var snart oppe, snart nede; nogle på Borde, nogle på Stole. Klovnerne kaglede, Harmonikaen hylede.

— *Fritz, tiens.*

Kuplerne fløj igen, hen over Klovnernes Hoved. Fritz greb den, og pludselig vendte han sig:

— *Aimée, tiens.*

Han kastede den frem imod hende, og Aimée rejste sig. Men hun var ikke kommen hurtig nok op, og Kuplen faldt; den knustes.

Fritz lo og så på det splintrede Glas fra sit Bord:

— Det gi'r Lykke, sagde han og lo; pludselig stod han stille og smilte op i Kronens Lys.

Aimée havde vendt sig. Bleg satte hun sig atter ned ved

15

Væggen.

Spektaklet blev ved. Klokken var nærved tolv. Kelnerne skruede Gassen ned. Men Artisterne holdt ikke op, de fordoblede kun Støjen i Halvmørket. Rundtom fra Krogene hørte man en Kaglen og Klagen, der kunde sønderrive Ørene; midt på Bordet under Lysekronen gik Fritz på Hænderne.

Han var den sidste, der kom ud. Han var så ellevild, som var han drukken.

De drev alle i Flok ned ad Passagen. Rundt om i Artistgaderne skiltes de. Der lød til Afsked mange sære Lyde rundt omkring i Mørket som sidste Hilsener.

— Night, råbte Mr. Fillis, som talte gennem Næsen.

— Abend, Abend ...

Så blev der endelig stille, og de fire Djævle gik som sædvanlig tavse ved Siden af hinanden.

De talte ikke mer. Men Fritz kunde ikke være rolig. Han lod atter sin gode Hat snurre rundt i Luften på Enden af sin Stok.

De kom til Huset, og de sagde Godnat.

Inde i deres Værelse slog Fritz to Vinduer op på vid Gab, og han begyndte at fløjte højt, langt ud i Gaden.

— Du er tosset, sagde Adolphe. Hvad Fanden går der af Dig?

Fritz lo bare.

— *Il fait si beau temps*, sagde han blot og blev ved at fløjte.

Nedenunder havde Aimée åbnet Vinduet. Louise, der var ved at klæde sig af, råbte til hende, at hun skulde lukke det, men Aimée blev stående, stirrende ud i den trange Gade.

Så længe havde hun ikke forstået — ikke, hvorfor hans

Øjne var blevet tomme, når han så på hende, ikke, hvorfor hans Stemme var blevet ligesom træt, når han talte til hende, ikke, at hans Øre var halvt lukket, når *hun* talte ...

Og det var, som var de ikke sammen mer, selv om de sad hinanden nær ...

Og han pudrede ikke mer hendes Arme.

Det var igår.

Han kom ind, så hastig, utålmodig, som han nu plejede. Og hun rakte sine Arme frem imod ham, og han kun stirrede på dem, tankeløs, uden at huske:

— Så pudr Dig dog, sagde han hidsigt og løb.

Og langsomt, uden at forstå, pudrede hun den venstre Arm, den højre ...

Å nej, å nej, hun havde aldrig vidst, at man kunde lide således.

Aimée lænede Hovedet til Vinduesposten, og Tårerne begyndte at løbe hende ned ad Kinderne.

Nu vidste hun alt. Nu forstod hun ...

Pludselig løftede hun atter Hovedet; hun hørte på engang Fritz, der havde givet sig til at nynne højt. Det var "Kærlighedsvalsen".

Højere og højere nynnede han, nu sang han Ordene:

Amour, amour,
oh, bel oiseau,
chante, chante,
chante toujours.

Hvor glad han sang, hvor lykkelig. Hver Tone smertede hende, og dog blev hun stående: det var, som om denne Sang genkaldte hende hele deres Liv.

Hvor godt hun huskede — hvor godt hun fra den første

Dag mindedes alting.

Louise råbte atter til hende, og mekanisk lukkede hun Vinduet. Men hun gik ikke i Seng, hun satte sig kun stille i Krogen i Mørket.

III

Så tydeligt som Aimée endnu så dem, da de kom den første Dag, Fritz og Adolphe — da de skulde "antages" hos "Fa'er" Cecchi.

Det var om Morgenen, og Aimée og Louise lå endnu i Sengen.

Drengene havde stået i Krogen, med ludende Hoveder: de var i Kadetbukser midt om Vinteren, og Fritz havde Stråhat. De blev klædt af, og Fader Cecchi følte på dem og vred deres Ben og bankede deres Brystkasse, til de græd, mens den gamle Kone, der kom med dem, kun stod mimrende, ganske stille, sammenskrumpen — bare de sorte Blomster dirrede ganske lidt på hendes Hat.

Hun spurgte om Intet. Hun så kun på Drengene og fulgte dem med Øjnene, som de nøgne blev exsercerede dér under Cecchis Hænder ...

Aimée og Louise så også til fra Sengen. Fa'er Cecchi blev ved at føle og at bande: Drengenes Liv sad i deres angstfulde Øjne.

Så blev de antaget.

Den gamle Kone talte ikke og rørte ikke Drengene, og sagde dem ikke Farvel. Det var, som om hun kun hele Tiden, mens Kappeblomsterne dirrede, søgte om noget — et eller andet, hun ikke fandt. Og sådan kom hun også ud af

Døren, langsomt, ubestemt, og den lukkede sig.

Fritz skreg, én Gang, et langt Barneskrig, som blev han stukket ...

Men så gik de begge hen, tilbage til deres Krog, og de satte sig med Hagen ned mod deres Knæ og de knyttede Hænder stemmede hårdt ned imod Gulvet. Sådan sad de, tavse begge to.

Fa'er Cecchi smed dem ud i Køkkenet for at skrælle Kartofler. Aimée og Louise blev jaget derud bagefter. Alle fire sad de bare stumme rundt om Spanden.

Louise spurgte:

— Hvorfra kommer I?

Men Drengene svarede ikke. De kneb kun Læberne sammen og så ned.

Der gik en Tid, til Aimée hviskede:

— Hvad er jeres Mo'er?

Men de svarede bestandig ikke — sad kun med hivende Bryst, som om de indvendig hulkede. Og man hørte kun Lyden af Kartoflerne, der, når de var skrællede, plumpede ned i Vandet.

— Er hun død? hviskede så Louise.

Men Drengene svarede endnu ikke, og de to Piger så kun stille fra den ene til den anden, mens Aimée med ét begyndte at græde ganske sagte, og så Louise — begge to sad de og græd.

Den næste Dag begyndte Drengene "at arbejde".

De lærte "Kineserdansen" og "Bondedansen". Efter tre Ugers Forløb optrådte de alle fire.

Når de skulde danse, stod de Parvis i Kulisserne, Aimée med Fritz, Louise med Adolphe; med stive Øjne, og væden- de deres Læber med Tungen af Angst, lyttede de til Musik- ken i Orkestret.

— Træk ned i Trøjen, sagde Aimée, der selv næppe kunde stå rolig for Feber, og trak selv ned i Fritz' Trøje, der sad skævt.

— *Commencez*, lød det fra første Kulisse fra Fa'er Cecchi. Tæppet var oppe, de skulde ind.

De så ikke Lamperækken, og de så ikke Folk.

Med forskrækkede Smil gjorde de deres ineksercerede Trip, tællende Takten og bevægende Læberne; Øjnene holdt de stivt heftede på Cecchi, der trampede med Fødderne henne i den første Kulisse.

— Til venstre, hviskede Aimée til Fritz, der aldrig kunde huske; hun svedte Angstens Sved for dem begge og måtte huske for dem begge.

De lignede tilhobe de Voksfigurer, der danser ovenpå Lirekasser.

Publikum klappede og kaldte dem frem. Appelsiner dumpede op på Scenen. De samlede dem op og smilte takkende; de skulde aflevere dem til Cecchi, der nød dem om Natten, når han spillede med Agenten Watson, til sin Cognac og Vand.

Fa'er Cecchi spillede Nætter lange med Agenten hjemme i deres Logis.

Børnene vågnede, når de skændtes, og med opspilede Øjne så de til fra deres Senge, til de dødtrætte faldt i Søvn igen.

Tiden gik.

"Cecchi-Truppen" kom til Cirkus, og alle fire gennemgik hele Håndværket.

De begyndte deres Prøver Klokken halvni. Tænderklaprende klædte de sig om og begyndte at arbejde i den halvmørke Cirkus. Louise og Aimée gik på Line balancerende med to Flag, mens Fa'er Cecchi kommanderede, siddende overskrævs på Barrieren.

Så blev Hesten ført frem, og Fritz skulde udføre Jokeyspringet.

Fa'er Cecchi kommanderede, væbnet med en lang Pisk. Fritz sprang og sprang. Det lykkedes ikke. Han faldt ned mod Barrieren. Han stødte sig mod Hesten. Pisken susede frem og ramte ham over hans Ben, så de fik lange Striber.

Fa'er Cecchi blev ved at kommandere. Kæmpende med Gråden sprang Drengen, og sprang igen.

Han kom atter ikke op, men faldt igen.

De gamle Sår på hans Krop brød op og blødte, så der var Blodpletter på det gamle Trikot

Fa'er Cecchi råbte kun igen:

— *Encore* — *Encore.*

Forpustet, hulkende halvt mellem Åndedragene, sprang Fritz med smertefortrukket Ansigt. Pisken ramte ham, og fortvivlet sagde han:

— Jeg kan ikke; og han måtte op påny. Hesten fik dobbelte Rap og fløj afsted med den hulkende Dreng, hvis Lemmer dirrede af Smerten:

— Jeg kan ikke, råbte han i Pine. Artisterne så stumme til fra Parket og Loger.

— *Encore,* råbte Cecchi: Fritz satte af igen.

Bleg, med hvide Læber, gemt i en Krog af en Loge så Aimée til, angst og forbitret.

Men Fa'er Cecchi standsede ikke. En Time varede det, fem Kvarter. Fritz' Legeme var kun én Vunde. Han faldt igen, faldt igen, sparkede i Sandet af Smerte, faldt igen.

Nej, det lykkedes ikke mer. Og han blev sendt bort med en Forbandelse.

Aimée løb ud af Logen: stønnende af Smerte gemte Fritz sig som et Dyr bag en Stabel Tøndebånd. Stakåndet, med knyttede Hænder udstødte han afbidte Forbandelser, en Hob af Gadens Ord, af Staldens Skældsord i Raseri.

Aimée sad stille hos. Kun hendes hvide Læber dirrede.

Længe sad de gemte i Mørket bag Stabelen. Fritz' Hoved faldt over mod Væggen, og han sov af smertefuld Udmattelse, mens Aimée blev siddende ubevægelig med sit hvide Ansigt, som vogtede hun over hans Søvn.

— — —

Årene gik. De var allerede voksne.

Fa'er Cecchi var død. Han blev sparket ihjel af en Hest.

Men de blev sammen. Det gik op og ned. De var ved store Selskaber, og de nåede ned til de små.

Hvor tydeligt Aimée så det hvidkalkede og nøgne Provins-Pantheon, hvor de arbejdede den Vinter. Så iskoldt der var. De bar to Kulbækkener derind før Forestillingen, og hele Cirkus fyldtes af Røgen, så der næppe var til at ånde.

Ude i Stalden strakte Artisterne blåfrosne deres, nøgne Arme hen over en Kulgryde, og Klovnerne hoppede på den bare Jord i deres Shirtingssko, for at holde Varmen.

Cecchi-Truppen arbejdede i alle Fag. De dansede, Fritz var Aimées Partner. Aimée var Parforcerytterske, Fritz strammede hendes Saddelgjord, som Staldmester. Truppen sled; den udfyldte det halve Program.

Men det gik ikke. Uge efter Uge forsvandt en Hest af Båsene, blev solgt for at skaffe Foder til de andre ... De Artister, som havde Penge, rejste, de, som måtte blive, sultede, til endelig alt blev forbi, og de måtte lukke.

Heste, Kostumer, alt var det taget. Rettens Folk var kommet, og der var gjort rent Bord ...

Det var om Aftenen, som det var sket om Dagen.

De Par Artister, som var tilbage, sad stumme og bedrøvede i det mørke Rum. De kunde ikke gå. De vidste vel heller ikke, hvorhen de skulde gå.

I Stalden på en Foderkasse sad Direktøren foran de tomme Båse og græd, mens han mumlede nogle bestandig gentagne og sprogbrogede Forbandelser.

Der var ganske stille, ganske dødt.

Kun Hundene — dem havde Retten glemt — lå sørgmodige, med vagtsomme Øjne, på en Bunke strøet Halm.

Cecchi-Truppen gik ind i Restauranten. Alt var forladt Værten havde lukket sin Buffet og nedtaget sine Glas. Stole og Borde stod støvede hulter til bulter.

De fire sad tavse i en Krog. De kom fra Posten. Det var deres daglige Gang. De hentede Breve fra Agenterne. Brevene indeholdt kun Afslag på Afslag.

Det var Fritz, der åbnede dem og læste dem. De andre tre sad hos og turde slet ikke spørge.

Han åbnede Brev på Brev, læste langsomt, ligesom mistænksomt, og lagde Brevet hen.

De andre så kun på ham, tavst og forknyt.

Så sagde han:

— Intet.

Og de sad igen stille foran de triste Breve, der intet havde bragt.

Så sagde Fritz:

— Dette går ikke. Vi må søge en Specialitet.

Adolphe trak på Skuldrene: Der er nok om alt, sagde han hånligt: Sig noget nyt.

— Arbejde i Luften betaler sig, sagde Fritz dæmpet. De andre tav, og Fritz sagde som før:

— *Vi* kunde arbejde i Kuplerne.

Der blev en Stilhed igen, til Adolphe næsten vredt sagde:

— *Du* er vel sikker for dine Lemmer?

23

Fritz svarede ikke. Der var helt mørkt nu og ganske stille en Stund.

— Vi kunde vel også skilles, sagde Adolphe så hæst og meget lavt.

De havde alle tænkt den samme Tanke, og alle været angst for den. Nu var den sagt, og Adolphe tilføjede, idet han så frem for sig i det mørke og forladte Skur:

— Man kan vel ikke blive ved at sulte over det samme Fad.

Han talte i en undertrykt, hidsig Tone, som Folk, der trættes over den tomme Krybbe; men Fritz vedblev at tie, ubevægelig og stirrende ned i Gulvet.

De rejste sig, og de gik tavse ud. I alle Gange var der koldt og mørkt.

Sagte, mens de gik tæt ind til hinanden, sagde Aimée med en Stemme, Fritz næppe kunde skelne:

— Fritz, jeg arbejder i Luften.

Fritz standsede:

— Jeg vidste det, sagde han sagte og tog hendes Hånd. Louise og Adolphe talte ikke.

— — —

De besluttede at blive *der* i Byen. Fritz pantsatte deres sidste Ringe. Adolphe blev kun ved at skrive til Agenterne. Men Fritz og Aimée arbejdede.

De havde ophængt deres Trapez i Pantheon, og de begyndte at arbejde hver Dag. De overførte nogle af Parterrens Øvelser til Trapez'en, og timevis, badede i Sved, pinte de deres Legemen

Kvarter efter Kvarter lød Fritz' Kommandoord. Så hvilede de sig, ved Siden af hinanden, i samme Trapez, med trætte og matte Smil.

De begyndte at vænnes til Arbejdet, og de tog fat på

Hanlon-Voltaske Øvelser. De forsøgte Springene mellem Gyngerne, hovedkulds faldt de ned i det ophængte Net.

Men de tog fat påny, under æggende Skrig:

— *En avant.*

— *Ça va.*

— *Encore.*

Fritz nåede, Aimée faldt.

De blev ved.

Sjælen lå i deres Øjne, som Fjedre spændte de deres Muskler; som undertrykte Kampskrig lød deres Stemmer: de nåede.

Den ene fulgte den anden med Blikket, betagen, i Feber:

— *En avant — du courage.*

Aimée havde nået: hendes Muskler skjalv, mens hun hang i den fjerneste Trapez. Hun forsøgte igen, og det lykkedes atter. En Glæde kom over dem. Det var, som om de berusedes ved deres egne Legemers Kraft. De fo'r forbi hinanden, og de hvilede atter, sveddryppende, smilende, Hånd i Hånd.

Grebne af Glæden roste de hinandens Legemer, kærtegnede de Muskler, som bar dem, seende på hinanden med strålende Øjne:

— *Ça va, ça va,* råbte de, mens de lo.

De begyndte at vanskeliggøre Øvelserne. De udtænkte nye Machinationer. De forsøgte, og de beregnede. De fordybede sig i Øvelserne med Opfinderens Iver, diskuterede dem, pønsende på Variationer. Fritz sov ikke mer: Tanken om Arbejdet holdt ham vågen om Nætterne.

Om Morgenen, før Sol var oppe, bankede han på Aimées Dør og vækkede hende.

Og udenfor, mens hun klædte sig på, udviklede han allerede sine Planer, forklarede hende alt — råbende med høj

Røst, mens hun svarede, ivrig som han, fyldende Huset med sin glade Stemme.

Louise gned sine Øjne og satte sig op i Sengen.

Hun var begyndt at komme til Prøverne. Hun blev revet med af Arbejdets Fart; hun råbte til dem, og hun applauderede. De svarede oppefra; Rummet genlød af deres frydfyldte Stemmer.

Kun Adolphe sad tavs i en Krog ved Stalden.

Han var kommet ind en Dag og havde sat sig der og så til. Der var ingen, som talte til ham.

— — —

Øvelserne var forbi; det var til Ende med deres Kræfter: tungt faldt de ned i det udspændte Net.

Fritz sprang ned på Jorden, og varsomt løftede han Aimée ud af Nettet: glad holdt han hende et Nu i de oprakte Arme, som et Barn.

De klædte sig om, og de gik over i en lille Knejpe for at spise.

De begyndte at tale om Fremtiden, om hvor de kunde søge Engagement, om Gagen, de kunde nå, om Navnet, de vilde antage — om Sukces'en, som ventede dem.

De tavse to blev veltalende, de lo, de byggede Fremtiden. Fritz udtænkte bestandig nye Øvelser:

— Om vi vovede, sagde Fritz, hed af Iver: om vi vovede.

Og Aimée svarede med Øjnene på ham:

— Hvorfor ikke? Hvis Du vil. Noget i Tonen rørte Fritz.

— Du er tapper, sagde han på én Gang og så på hende: hendes Øjne lyste imod ham.

Og begge sad de med Hovederne lænede mod Væggen og drømte, stirrende frem i Luften, en lang Stund.

En Dag prøvede de for første Gang det sidste Spring, det, de var ene om, den store Specialitet: det lykkedes. Baglænds nåede de Trapez'erne.

Nedefra hørte de et Råb. Det var Adolphe. Med opad-vendt Ansigt, med skinnende Øjne, skreg han op i Rummet et Bravo-bravo, så det klang:

— Bravo, bravo, skreg han, grebet af Beundring.

Og de begyndte at tale til hinanden, alle fire, Louise med, oppe og nedefra, forklarende og spørgende.

Den Dag spiste de sammen, og den næste også. De talte alle om Øvelserne, det var, som de alle var med. Fritz sagde:

— Ja Børn, om vi arbejdede fire. I, Adolphe, øverst ... kun med fast Barre og Møller og vi, vi to, Aimée, under dem ... med "Dødsspringet" ... Ja, om vi gjorde det ...

Han gav sig til at forklare, forfølgende sin nye Plan, ud-malende alle de kommende Evolutioner; men Adolphe blev tavs, og Louise turde ikke svare.

Men næste Dag sagde Adolphe — han stod og så ned i Jorden og flyttede Benene frem og tilbage —:

— Prøver I i Eftermiddag?

— Nej, de prøvede ikke.

— For, sagde Adolphe, man går og spilder sin Tid, og ens Lemmer bliver stive ...

Om Eftermiddagen begyndte Adolphe og Louise at prø-ve. De to andre kom og så til. De opmuntrede og de belærte.

Fritz sad så munter og legede med Aimées Hånd:

— *Ça va, ça va*, råbte de begge, nedefra.

Oppe fløj Louise og Adolphe dristi mellem Gyngerne:

— *Ça va, ça va* ...

De vidste, at nu blev de sammen.

Prøverne fik Ende. "Numret" var øvet færdigt. De arbej-dede som Fritz havde villet. De kaldte sig "De fire Djævle" og fik Kostumer tegnede og forfærdigede i Berlin.

De debuterede i Magdeburg. Så drog de fra By til By.

Sukces'en var givet allevegne.

— — —

Aimée havde klædt sig af og var gået i Seng: søvnløs lå
hun, stirrende op i Mørket:

— Ja, hvor tydeligt hun så alt, fra den første Dag.

De havde levet hele Livet sammen, hele Livet Side om
Side.

Og nu var hun kommet, hun, denne fremmede; og ved
Tanken kun sammenbed Akrobatpigen sine Tænder i et af-
mægtigt, et fortvivlet, et rent fysisk Raseri.

Hvad vilde hun med ham, hun med sine Øjne som en
Kat? Hvad vilde hun med ham, med sine Smil som en Tøs?
Hvad vilde hun med ham? Hvorfor bød hun sig frem som
en Tøjte? Fordærve ham, røve ham, plyndre hans Styrke,
lægge ham øde.

Aimée bed i sit Lagen, krammede sin Pude, fandt ikke
Ro for sine feberhede Hænder.

Hendes Tanker vidste ikke afmægtige Skældsord nok,
ikke vredt harmfulde, ikke rå Beskyldninger nok, indtil
hun græd igen; og atter følte hun al den lamme Smerte, som
fulgte hende Døgn og Dage, Døgn og Dage.

IV

Fritz lå med lukkede Øjne, mens han hvilte Hovedet i
sin Elskerindes Skød. Langsomt og langsommere gled Spid-
sen af hendes Negle hen over hans blonde Hår.

Fritz blev liggende med lukkede Øjne, mens hans Ho-
ved lå let i hendes Skød: så var det virkelig ham, Fritz Sch-
midt fra den Frankfurter Smøge, han, Drengen uden Fa'er,

28

hvis Mo'er sprang i Floden en Dag, da hun var drukken, og hvis Mo'rmo'r havde solgt ham — ham og Broderen — for tyve Mark ...

Så var det virkelig ham, Fritz Schmidt, kaldet Cecchi af "Djævlene", der var blevet hendes Elsker, hendes, "Damen fra Logen". Det var *hans* Nakke, der lå mod hendes Knæ. Det var *hans* Arm, som kunde nå om hendes Liv. Det var på *hans* Hals, hendes Læber nu hvilede.

Han, Fritz Cecchi af "Djævlene".

Og han åbnede Øjnene halvt, og han så, med den samme ubegribende, beruste Undren, hendes fine Hånd, så blød, som intet Arbejde havde misdannet; dens Negle, lyserøde og buede, dens Hud, så mathvid, den Hud, han elskede at kysse, blidt, så længe ...

Jo — Hånden gled over hans Pande.

Det var ham, der, når han åndede, fornam Duften af hendes Legeme, der var ham nær, af hendes Klæder, hvis Stoffer lignede Skyer — å, hvor hans Hænder elskede at kærtegne dem ...

Det var ham, på hvem hun ventede om Natten ved den høje Låge, frysende under sin Venten som af Kulde. Det var ham, som hun førte gennem Palæets lille Have, hængende sig til hans Legeme bag hvert et Ly ...

Det var ham, hvis Læber hun kaldte sin "Blomst", hvis Arme hun kaldte sin "Fordærvelse" ...

Ja — så besynderlige Ord, hun sagde, at *hans* Læber var en "Blomst", at hans Arme var "en Fordærvelse" ...

Fritz Cecchi smilte, og han lukkede sine Øjne igen.

Hun så hans Smil, og hun bøjede sit Hoved ned over ham og førte sine Læber blødt hen over hans Ansigt.

Fritz blev ved at smile, opslugt af den samme Undren:

— Men dette er besynderligt, sagde han sagte; blev ved

at sige i samme Tone: Men dette er besynderligt, mens han virrede svagt med sit Hoved.

— Hvilket? spurgte hun.

— Dette, svarede han kun og lå atter stille hen under hendes Kys, som var han bange for at vågne af en Drøm.

Han smilte bestandig, hans Tanke gentog stadig hendes Navn, altid påny forbavset foran hendes Navn — ét af de store Navne, hvis Lyd tilhørte Europa og selv var nået ned til ham som et Sagn ...

Og langsomt slog han atter Øjnene op og så på hende og greb med Hænderne i begge hendes Øren og lo som en Dreng, mens han kneb dem — hårdere, hårdt: også det *turde* han, også det.

Han rejste sig halvt og førte sit Hoved op mod hendes Skulder. Bestandig med samme Smil så han sig rundt i Stuen:

Alt var ham et Under, alt, hvad der var hendes: de tusind skrøbelige Nips, som dækkede de sære Møbler på spinkle Ben: snart turde han slet ikke røre dem, men han — Jongløren — fattede om dem så varsomt, som vilde de knuses mellem hans Fingre; snart kunde han, overmodig (*han* var Herre her, han, Fritz Schmidt) spille Bold med et Luksusbord eller balancere med en hel Etagère, mens hun lo og lo ...

Malerierne var ham fremmede: Billeder af Aner i "Restaurationen"s Dragt, med Pragtkårde og behandskede Hænder. Der kunde komme Øjeblikke, hvor han pludselig overstadig lo Billederne lige op i Ansigtet, som en Gamin — lo ustandseligt, mens han, Fritz Schmidt, sad her hos hende, deres Slægtning, der var *hans.*

Og han blev ved at le og le, uden at hun forstod hvorfor. Og tilsidst sagde hun:

— Men hvorfor ler Du?

— Jo, jo, svarede han og blev ved med at le. For dette er besynderligt, dette er så besynderligt...

Han følte en halv lykkelig, halv sky Forbavselse over at *han* var *her*.

At han var Herre her.

Thi som Herre følte han sig: hun var hans. Han ejede hende. I hans uciviliserede Hjerne rugede alle Tanker om Mandens ubegrænsede Besiddelse, Besiddelsen af de Kvindemennesker, som *han* fuldkommengør ved at befrugte dem — han, den handlende, den aktive, han, der, vred under selve Nydelsen, der fortærer, kunde knuse dem under sin muskelbrede Lænd.

Men alle disse Mandens Urforestillinger hos Fritz — som hoverede ved at tæmme og tugte og ubændigt og ustandseligt at bruge — de svandt igen magt- og hjælpeløse ind overfor hans stumme, fornyede Undren over hende: hendes mindste Ord, der var af anden Klang og havde andet Fald; hendes ringeste Bevægelse, der var af anden Art; hendes Legeme, hver Del deraf, som var af anden, fremmed Skønhed, uudviklet og sart .....

Og han blev myg og frygtsom, og han slog pludselig de lukkede Øjne op for at se, det var ingen Drøm, og langsomt kærtegnede han hendes fine, slanke Fingre: jo, det var sandt.

Hendes Hænder blev ved at glide, dvælende og mer dvælende, gennem hans Hår, og hans Ånde blev hastigere, medens han lå, som han sov.

Pludselig slog han Blikket op:

— Men hvad vil De da med mig? sagde han.

— Du, dumme Mand, hviskede hun og holdt sin Mund tæt op over hans Kind. Du dumme Mand.

Hun blev ved at hviske, nær hans Øre — hendes Stemmes Lyd var mer hidsende for ham end Kærtegn: —

— Du dumme Mand, Du dumme Mand .....

Som vilde hun lulle det skønne og apatiske Legeme hen i en Rus, hviskede hun:

— Du dumme Mand, Du dumme Mand.

Men han rejste sig kun, bestandig smilende, og, siddende ved Siden af hende og læggende hendes Hoved ind til sit Bryst, mens han så på hende, sagde han usigelig ømt:

— Kunde Du sove her? og han vuggede hende i sin Arm som et Barn.

Til de begge lo, Øje i Øje:

— Du, dumme Mand.

Så flammede hans Øjne op, og han greb hende; hastigt, uden Ord, bar han hende i løftede Arme, bort gennem Stuen — derind.

Kun den lyseblå Ampel så stille til som et søvnigt Øje.

Det gryede mod Dag, når de skiltes. Men rundt i alle Kroge på Trappens Trin, i Haven midt foran det stille Hus — fornemt og ærbart med tilhyllede Ruder — forlængede de, åndeløse, Stævnemødets Timer, mens hun blev ved at hviske de samme tre Ord, der blev som deres Elskovs Omkvæd (en Elskov, hvis eneste Sjæl var Instinktet):

— Du, dumme Mand.

Så rev Fritz sig løs, og Lågen faldt til efter ham ...

Men hun holdt igen, og endnu en Gang vendte han tilbage. Han tog hende endnu en Gang i sine Arme, og pludselig lo han — stående ved Siden af hende foran det store Palæ.

Og som om deres Tanker mødtes, lo også hun op mod sine Forfædres Hus.

Og han begyndte at spørge om hvert enkelt af de store Stenvåben over Ruderne, hver af Portalernes Indskrifter, mens hun svarede og lo og lo.

Det var Landets stolteste Navne. Han kendte dem ikke, men hun fortalte om hvert.

Det var Historie om Hæder. Det var Historie om Kampe. Det var Historie om Valpladsers Sejrherrer.

Han lo.

Det var Skjolde, hvis Ejermænd havde værnet om Tronen. Det var Slægtstegn, der havde ledet selv til Sct. Peders Stol.

Hun lo.

Som blev hun hidset af selve Uværdigheden, blev hendes Kærtegn hedere, rå og næsten blasfemiske her i den gryende Dag, mens hun blev ved at fortælle, som om hun vilde rive, ét for ét, i Ord på Ord, Fædrehusets Skjolde ned og søndre dem i sin Elskovs Skarn.

— Og *det*? spurgte han, pegende på Våbnene.

— Og det?

Hun blev ved.

Det var Århundredets Historie. Her var Troner bygget, og Kongesæder styrtet sammen: *Den* var en Kejsers Ven. *Den* blev en Konges Bane.

Og hun blev ved at tale: hviskende med en snærrende Spot, lænende sig til Akrobatens Skulder, givende sig hen til selve Indtrykket af Vanhelligelse.

Også han berustes.

Det var, som om de begge så selve Ødelæggelsen, dette store Hus' Fald, med Våben, Portaler, Skjolde, Mindetavler, Spir — Huset, der lagdes øde og styrtede sammen under Cyklonen af deres Drift.

Så rev hun sig løs, og hun flygtede gennem Gangen.

Et sidste Nu vendte hun sig i den lille Dør, og viftende til ham tilkastede hun — som en sidste Spot — det store

Våbenskjold på Frontespicen et Slængkys og lo.

Fritz gik hjem. Det var, som havde han to Vinger under Fødderne. Han ligesom fornam alle hendes Kærtegn endnu.

Rundtom vågnede den store By.

Vogne rullede frem gennem Gaden. Det var alle Blomstermarkedets Skatte — Violer, tidlige Roser, Aurikler og Gyldenlak.

Fritz sang. Halvhøjt sang han Kærlighedsvalsens Strofer:

Amour, amour,
oh, bel oiseau,
chante, chante,
chante toujours.

Vognene blev ved at køre ham forbi. Hele Gaden fyldtes af Duft.

Blomstersælgerne, der sad på Bukkene, indhyllede i store Tørklæder, vendte sig i Sædet og smilte til ham.

Han sang endnu:

Amour, amour,
oh, bel oiseau,
chante, chante,
chante toujours.

I deres egen Gade var der ganske stille og endnu halvdunkelt bag de høje Huse. Fritz gik langsommere.

Han nynnede bestandig, mens han så op og ned ad deres Hus.

Han fo'r sammen et Nu: han syntes, han havde set et Ansigt oppe bag Ruden.

34

Bleg, med tilbagetrængt Ånde lyttede Aimée bag sin Dør:

Jo, det var ham.

Amour, amour,
oh, bel oiseau,
chante, chante,
chante toujours.

Døren deroppe blev lukket, og alt blev tyst.

Hvid, som en Søvngængerske med Hænderne stemmede ind mod sit Bryst, gik Aimée ind igen og til Sengs. Ubevægelig stirrede hun på den grå Dag: en ny Dag.

V

Det var sent, da Fritz Cecchi vågnede, og, mat, mindedes han alt, lidt efter lidt, mens han usikkert så Adolphe, der midt i Stuen afgned sin nøgne Krop med et vådt Klæde.

— Vågner Du dog, sagde Adolphe hånsk.

— Jo, svarede Fritz kun og blev ved at se på Broderen.

— Du skulde vel op nu, sagde Adolphe i den samme Tone.

— Ja, sagde Fritz; men han blev kun ved ubevægelig at stirre på Broderens stærke og urørte Legeme, hvor alle Muskler spillende levede; han følte et dumpt Raseri, en Overvundets forbitrede og elendige Harme.

Mens han blev ved at stirre på Broderen, og pludselig løftende sine egne Arme og følte dem kraftløse, og spændende sine Ben mod Sengens Fodende og følte deres Muskler slappe, sammensnøredes han af en bleg og vild Forbitrelse mod sig selv, mod sin Krop, mod sin Drift, mod sit Køn og mod hende: Tyven, Røveren, Fordærvelsen ... *hun*.

Hans Harme havde ingen Tanker. Han vidste kun ét: han kunde vanvittig slå hende til døde med de knyttede Hænder. Til døde Tomme for Tomme. Til døde, mens hun skreg og hun lo. Til døde, så hun gispede ikke. Til døde med sin Hæl og med sin Fod.

Han løftede sine Arme påny, og han knugede sine Hænder, og han følte igen de kraftløse Musklers Svigten, mens han bed sine Tænder sammen i Raseri.

Adolphe gik ud og slog Døren i.

Så sprang Fritz op. Nøgen begyndte han at undersøge sit Legeme. Han forsøgte Øvelser, og han mægtede dem ikke. Han gjorde Parterrearbejde, og han kunde ikke. Modstridige sitrede kun de trætte Ledemod.

Han forsøgte igen. Han slog sig selv. Han forsøgte påny. Han kneb sig selv med sine Negle.

Det var forgæves.

Han kunde intet.

Han løb Panden mod Væggen og forsøgte igen.

Det var forgæves.

Han kunde intet.

Og slap satte han sig foran det store Spejl, og han betragtede fra Muskel til Muskel sin dorske og afslappede Krop.

Så var det altså sandt: de tog alt. Sundheden, Kraften, Musklernes Styrke. Så var det sandt: alt blev lagt øde, Arbejde, Stilling og Navnet.

— Ja, sådan var det.

Og det vilde gå ham som de andre, og det vilde snart være forbi.

Det vilde gå ham som "The Stars", der slæbte to Tøjter

fra By til By, som lå hos dem og som de pryglede, indtil nu, hvor de var satte i Galehus.

Det vilde gå ham som Charles, Jongløren — der lå i med Adelina, hende, Chantøsen; hans Lemmer blev slatne som en Drankers. Så hængte han sig op i et Træ.

Eller Hubert, der var løbet af Landet med en Staldkarls Kvind, og som red på et Marked, eller Paul, Jokeyen, som havde set sig gal på "Anita med Knivene" og nu var Udråber i et Telt.

— Ja, de gjorde deres Kroppe til Hø. Atter rejste han sig.

— Men han *vilde* ikke bukke under.

Og han begyndte at arbejde igen, pinende alle Muskler, strammende sin Styrke, æggende hver Fiber i sin Krop.

Det gik.

Og pludselig klædte han sig på. Han slængte Klæderne på sig, hægede sin Krop og gik. Han vilde prøve — prøve i Cirkus, i Trapez'en.

— — —

Adolphe, Aimée og Louise var allerede ved Arbejdet og hang i Trapez'erne i deres grå Bluser.

Fritz klædte sig om og begyndte at arbejde på Jorden. Han gik på Hænderne, balancerede på den højre, på den venstre Hånd, hele hans Legeme skælvede.

Tavse så de andre til fra deres Gynger.

Så svang han sig op i Nettet, brat og hidsigt, og han klatrede op i Gyngen overfor Aimée. Han slyngede sig ud i Armene, så det slanke Legeme straktes, og han begyndte.

Aimée blev siddende. Med søvnløse, tunge Øjne stirrede hun ufravendt på dette Menneske, som hun elskede, *Manden*, hun elskede, og som kom fra en Elskovsnat hos en anden:

År efter År havde de levet Legeme mod Legeme.

Hendes Øjne målte ham — hans Nakke, der havde båret hende, hans Arme, som havde fanget hende, hans Lænder, som hun havde omsluttet ...

Og al Håndværkets Vane, alt Arbejdets Kendskab forøgede hendes Kval.

Stum, overvældet af en frygtelig Lidelse — en fysisk Lidelse, som den således kun kunde føles af hende — så hun stirrende på Fritz' Arbejde.

Men Fritz vækkede hende.

— Hvorfor begynder Du ikke, råbte han hårdt.

— Jo.

Hun fo'r sammen, og mekanisk rejste hun sig op i "Gyngen. Et Nu kun mødtes deres Øjne. Men pludselig så Fritz hendes hvide Ansigt, de stive Øjne, det stive, ubevægelige Legeme, og han forstod det alt sammen.

I det samme Nu fornam han en uovervindelig, en ubændig Væmmelse ved dette Legeme af en Kvinde, en Ækelhed, en Afsky ved dets Berøring — en anden Kvindes Legeme, som elskede ham.

En ubetvingelig isnende Væmmelse, som et Had.

— Begynd, skreg Adolphe.

— Begynd dog, råbte Louise.

Men endnu tøvede de.

Så fo'r de imod hinanden og mødtes. Blege målte de hinanden, og atter fløj de. Han fangede hende, men hun faldt. De begyndte igen, men han styrtede.

Atter tog de fat Øje i Øje: hvert Nu syntes at gøre dem blegere. Begge faldt, Fritz først.

Louise og Adolphe lo højt i deres Gynger. Adolphe råbte:

— Hvad Du har for en heldig Dag.

Louise skreg:

— En har set på ham med onde Øjne; og atter lo de oppe i Gyngerne.

De to blev ved, og det mislykkedes atter: Aimée slap, Fritz skændte højt nede fra det udspændte Net.

Og på engang skændtes de alle, hidsige og forbitrede, med høje Stemmer i Diskanten, mens kun Aimée blev siddende med samme opspilede Øjne, bleg midt under Arbejdets Anstrengelser.

Atter svang Fritz sig op, og atter tog de fat. Begge skreg de, og begge satte fra.

De fløj mod hinanden under Skrig, de omslyngede hinanden i Vildskab.

Det var ikke Arbejde mer. Det var en Kamp. De mødtes ikke mer, de greb ikke, de favnede ikke mer. De brødes kun og tog Tag som Dyr.

Hede syntes de tvende Kroppe, midt i Luften, at prøve Styrke i en fortvivlet Strid.

De standsede ikke. De gav ikke Kommandoord mer. Sanseløse i brutalt, i et uimodståeligt Had var det, som tumlede de, selv forfærdede, i en frygtelig Nævekamp gennem Luften.

Så med ét, med et Skrig, styrtede Aimée. Hun lå som livløs et Nu i Nettet.

Fritz svang sig op i sin Gynge, og med sammenbidte Tænder, bleg som en Maske, betragtede han den Overvundne.

Han rejste sig i Trapez'en, og han sagde:

— Hun kan ikke arbejde mer. Vi må skifte — hun ta'er Overgyngen, og Louise arbejder her.

Han talte hårdt, som den der har at befale. Ingen svarede, men langsomt begyndte Louise fra Kuplen at glide ned til Aimées Gynge.

Aimée talte ikke. Som et i Knæ sunket Dyr havde hun

kun rejst sig halvt i Nettet.

Så klatrede hun langsomt op ad det høje Tov mod Kuplen.

Og de arbejdede påny.

Men Fritz' Kræfter var ude. Selve Forbitrelsen tog dem. Hans Arme bar ikke mer: han faldt, og Louise styrtede.

— Hvad går der af Dig? råbte Adolphe: Du er vel syg.

— Tag Kuplen, det kan Du vel, — dette går ikke.

Fritz svarede ikke, han sad med bøjet Hoved, som havde han modtaget et Slag.

Så sagde han — og mumlede, gennem sammenpressede Tænder —:

— Ja, vi kan måske changere — for idag.

Han stod ned fra Nettet, og han gik ud. Knoerne var hvide på hans sammenknugede Hænder. Han syntes, at Staldkarlene hviskede hans Navn, og han gik forbi dem som en Hund, der skammer sig.

I Garderoben kastede han sig ned på Madratsen. Han følte ikke sit Legeme mer. Men hans Øjne sved.

Han kunde ikke være rolig. Han begyndte at øve sig igen. Som man piner en smertende Byld, blev han ved at forsøge sine slatne Lemmer:

Om han kunde *det*, om han kunde *det*, forsøgte han med Feber.

Han mægtede intet; atter kastede han sig hen, og han forsøgte atter. Og selve Forsøgenes Kamp udmattede ham, forgæves, endnu mer.

Sådan gik Dagen. Han veg ikke fra Cirkus. Han flakkede om. Manegen som den onde Samvittighed om Gerningsstedet.

Om Aftenen arbejdede han med Louise i Kuplen.

Han kæmpede som en gal med Lemmerne, der ikke vilde lystre ham. Han anstrengte fortvivlet Ledemodene, der sitrede.

Det gik — én Gang, én Gang, endnu en Gang.

Han fo'r tilbage, han fo'r frem, han hvilte igen.

Han så intet: ikke Kuplen, ikke Logerne, ikke Adolphe. Kun Trapez'en — den, han skulde nå, og Louise, der gyngede foran ham.

Så satte han fra: svang sig med et Skrig — det var som pludselig Blodets Sus vilde sprænge hans angstfulde Hjerne — frem mod Louises Ben og faldt ned i det voldsomt bevægede Net.

Der var stille i det uhyre Rum — stille, som troede man ham død.

Så løftede Fritz Overkroppen halvt. Han vidste ikke, hvor han var. Nu besindede han sig, og med en forfærdelig Anstrengelse så han igen Manegen og Nettet og Menneskenes sorte Bræm, Logerne og — *hende*.

Og overvældet af Fortvivlelsen, af Ydmygelsen mer end af Faldets Smerte løftede han på én Gang de knyttede Hænder og sank sammen igen.

De tre var standsede, forvirrede råbte de til hinanden. Som et Lyn var Adolphe nede ad den hængende Snor.

Han og to Staldmestre løftede Fritz ud af Nettet, og de støttede ham imellem sig, så det så ud, som gik han selv.

Så først gled Aimée langsomt ned ad Snoren. Som i Blinde gik hun; se — gjorde hun ikke.

To Artister stod ved Indgangen.

— Takke kan han for Nettet, sagde den ene.

— Na, svarte den anden: er wäre schon "kalt" geworden.

Aimée fo'r pludselig sammen, da hun hørte Ordene. Og som så hun dem for første Gang, målte hun med et eneste langt Blik Net og Snore og Gynger.

Den ene Artist fulgte hendes Blik.

— Auch schändlich hoch, sagde han.

Aimée nikkede kun så ganske langsomt ....

Der var atter stille, og Forestillingen gik sin Gang. Fritz var i Garderoben stået op fra Madratsen og sad foran sit Spejl. Han havde intet lidt; det var kun Bedøvelse af Faldet.

Adolphe klædte sig på, og de var længe tavse.

Så sagde Adolphe:

— *Det* indser Du vel, at dette går ikke?

Fritz svarede ikke. Bleg blev han siddende og tog ikke Blikket bort fra sit eget Ansigt i Spejlet.

Adolphe var færdig, og de hørte Louise banke på Garderobens Dør.

— Bliver Du færdig? spurgte Adolphe. De venter.

Fritz tog det dikkende Uhr ned fra sit Spejl, og de gik ud, hvor de to Søstre tavst ventede. De gik stille hjemad, Fritz ved Siden af Louise.

Ydmygelsen brændte hans Sjæl, som havde han en Vunde i sit Bryst.

VI

Fritz og Adolphe var længst til Sengs, og Adolphe sov, dorsk, med åben Mund, som Akrobater sover, hvis Kroppe dovner i tung Hvil.

Men Fritz faldt ikke i Søvn; udstrakt på Ryggen lå han søvnløs i en træg Fortvivlelse:

Så var det altså kommet. Så var det allerede kommet. Han kunde ikke arbejde mer.

Han bare kredsede om den ene Tanke: så kunde han altså ikke arbejde mer. Og ganske langsomt, og ganske sløvt, redede han ud, hvordan det var kommet, Dag for Dag, med Nat for Nat. Roligt og ganske slapt så han det alt igen: den blå Stue og den høje Seng med sine tre Trin og sig og hende; den gule Sal med Hvilepladsen bag Skærmen og Portrætterne og sig og hende; Trappen, hvor Lampen gik ud, og sig og hende ....

Og Haven, hvor han var vendt tilbage igen.

— Og nu var det altså forbi. Nu høstede han Frugterne. Han vidste det.

I samme træge Gang blev hans Tanke ved:

Men som han var ødelagt, kunde han ødelægge hende. Han kunde.

Han kunde gå derhen en Nat, og han kunde lukke sig ind. Og når han var der, hos hende, med hende (og atter standsede hans Tanker, og han så dette blå Kammer og sig og hende) kunde han, vilde han ringe, ringe Huset sammen, Manden derind, Tjenerne sammen, Pigerne sammen, dem alle, så de så hende — *hun*.

Ja, det kunde han.

Og nøgen skulde hun være, blottet (som han nu så hende) skulde hun være, til Skam og Skændsel blottet.

Ja, det vilde han.

Og pludselig sagde han, seende det for sig endnu en Gang:

Ja, det vil jeg — nu.

Al Uroen veg fra ham: Ja, hvorfor skulde han ikke gøre det nu? Nu, hvor Planen var frisk, hans Vrede ny, hans Tanke stærk? Jo, han vilde det nu.

Og hastig, uden at tænde Lys, begyndte han at rode efter sine Klæder og tage dem på, uden Støj, for ikke at vække Adolphe, bestandig seende foran sig: sig selv og hende i den blå Stue, midt i den blå Stue sig og hende: dér skulde det ske.

Han stødte til en Stol i sin Hast, og pludselig blev han stille, siddende på sin Seng, blot angst, at Adolphe skulde vågne. Han måtte ikke vågne.

Så tog han Klæder på igen, lydløst, med tilbageholdt Ånde:

Han *vilde* afsted, *måtte* afsted — nu.

Han trådte for hårdt og måtte igen holde inde....

Adolphe vendte sig i Sengen og mumlede:

— Hvad Pokker er det? så sagde han:

— Hvor skal Du hen?

Fritz svarede ikke. Halvt påklædt kastede han sig ind under Sengetæpperne for at skjule sig, pludselig skælvende som en greben Tyv.

Og lidt efter, da han atter hørte Adolphes Ånde, begyndte han igen, blivende i Sengen, at klæde sig på; stadig rystende, angst, som stjal han sine egne Klæder — — —

Han var kommen op. Han følte frem for sig, med et Smil for hvert Møbel han undgik at støde til, holdende sig ved Væggen uden Ånde; listig som en Dranker, der sniger Flasken til sig.

Og han fik Døren åbnet og lukket og kom ud og kom ned, stadig listende ....

Og han vidste, han var skamløs som en Hund. Og han sagde: Imorgen kan jeg altså ikke arbejde. Og han vidste: Nå, altså helt i Fordærvelse.

Og han løb kun hastigere, langs Husene, i Skyggen ...

Hjemme havde kun En hørt ham. Aimée.

Det var hende, som fulgte — glidende ned ad Trappen, ud af Huset, over på den anden Side Gaden ....

Som to Skygger, der jog hinanden, fulgtes de lydløst

gennem de tavse Gader.

Så nåede Fritz Palæet og det lille Gitter: nu var han inde„ nu døde hans Skridt. Gemt i Åbningen af en Port stod Aimée foran Palæets Ruder.

Hun så Lys bevæge sig forbi første Sals Vinduer. Hun så to Skygger over de Kniplingsgardiner:

— Det var dem.

Lyset gik igen, hun så Skyggerne igen — så blev der slukket.... Kun et blåligt Skær lyste stille bag det sidste Vindu:

— *Der* var de. Bag de Ruder var de.

Med opstemmet Ånde under Skinsygens Pinsel stirrede Aimée på disse Ruder: alle, alle Billeder kom og martrede hende på én Gang.

Alle Billeder, som er den Forladtes sidste Kval, og som kom til hende, *Akrobatpigen*, skønt hun var kysk — det var, som tegnedes de med Hænder, levende, på denne Rude, hvor han var, de var.

Og hendes Liv, der var levet i Opofrelse; hendes hele Eksistens, der havde været den milde Hengivenhed; alt, hvad hun havde tænkt, hver Tanke på ham i Ømhed; hvad hun havde villet, hver Plan i Fællesskab, alt sank det i Jorden foran disse Billeder: Billeder af to Legemer.

Hele hendes Liv, Stykke for Stykke, Minde for Minde, Tanke for Tanke brødes sønder, slugtes op, lagdes øde, sank bort i det eneste: Begæret, den Forladtes jammerlige Begær.

Det blev intet tilbage: ikke hendes Hengivenhed, ikke hendes Ømhed, ikke hendes Offervillighed — intet .... Det "simplificeredes" under Ulykken, det depraveredes under Forladtheden, det faldt tilbage til den store "Urform":

Driften, den hovererende Drift, den altødelæggende Drift

Timerne gik.

45

Så åbnedes Lågen og blev atter lukket i.

Det var ham.

Og i et nyt, fortvivlet Anfald af Kval så Aimée ham, grå i den gryende Dag, gå hende langsomt forbi.

VII

— Aimée, sagde Louise i en Tone, som vilde hun vække hende: sover Du?

Aimée kun løftede Armen — underlig langsomt — og bandt det lange Hår op.

— Man skulde tro det, sagde Louise.

Og Aimée sad igen ubevægelig, foran sit Spejl, hvor hun så sit eget Billede, som om to sovende med åbne Øjne stirrede på hinanden.

Langsomt iførte hun sig Blusen og stod op og gik ud, med samme sære Blik, som fulgte hun et dulgt Syn, og med en Automats Gang, som var Sjælen falden hen i Blund i hendes døde Krop.

Louise fulgte hende, og de gik begge ud i det mørke Rum, hvor Fritz allerede ventede i Gyngerne.

Det var, som Aimée aldrig havde arbejdet så sikkert som nu: som i mekaniske Tempi greb hun, slap hun, fløj hun.

Hun arbejdede atter med Fritz, og det var, som smittede hendes Ro: som en Maskines døde Hjul og Dele mødtes de, skiltes, mødtes igen. Og atter hvilede de i de modsatte Gynger.

Det var, som så Aimée i hele det vide Rum kun det, bestandig kun det: hans Legeme.

Den spillende Krop, det bevægede Bryst, den åndende

Mund, Årerne, som bankede varmt — det kunde blive stille og koldt.

Stille og ganske koldt.

De springende Muskler; Hænderne, som greb hende; Nakken, hvor Livet sad — skulde blive stille og koldt.

Armene ubevægelige og Musklerne som Sten og Panden kold, Halsen død, Brystet højt og stille.

Arm og Ben og Hånd — dødt.

De arbejdede igen. De fløj, de mødtes.

Hver Berøring æggede hende: så varm at føle var han og vilde blive så kold, så sitrende at møde og vilde blive så stille.

Hun tænkte ikke mere på, hvorfor. Hun tænkte ikke mere på hende. Det var kun Dødsbilledet, hun så — *det*, hun så.

Ham — kold og stille.

Og som en sindssyg, der forfølger sin hemmelige Mani, blev hun snu og sledsk. Som en morfingal, der vil tilfredsstille sin Lyst, blev hun omstændelig opfindsom.

Hun fik Monomanens Ihærdighed, der kun tænker ét.

Hun søgte Fritz, som hun længe havde skyet.

Når Prøven var endt, gav hun sig til at arbejde alene. Hun overførte alle de underste Gyngers Øvelser til Kuplen. Hun råbte ned til Fritz, og hun holdt ham tilbage i Manegen ved at udspørge ham, bede ham om Råd, indsmigrende som en Lærling sin Mester.

Hun vovede alt deroppe i Kuplen. Hun legede med Døden. Dumdristig æggede hun ham.

Hun vogtede på hans Usikkerhed, som han vilde skjule. Hun forsøgte det urimelige, og hun råbte:

— Vi skal vel vise, hvad vi evner. Vi skal vel ikke lade os overfløje.

Hun hidsede ham op. Han gav Råd. Ad de svajende Snore klatrede han op i Trapez'erne til hende.

Hun som fløj foran ham imellem de raslende Gynger.

Hun svang sig fra Trapez til Trapez over det gabende Svælg.

Og ført af en uimodståelig Magt begyndte han at gøre hende efter, mens hun hidsede ham med Råb. Hun havde som Feberens Kraft i det voldelig anspændte Legeme, han tog som sidste Livtag med sin sidste Kraft.

Hun skreg:

— *Ça va* — *ça va.*

Han svang sig frem og greb:

— *Ça va* — *ça va.*

Artisterne, som gik ud og ind, standsede i Manegen og så til.

Han hidsedes mer. Han vovede alt, hvad hun vovede. Fra Gynge til Gynge fløj hun — vild, med udslået Hår foran ham, som viste hun ham Vej.

De mødtes, og de greb. Hendes Legeme var koldt, som fangede et Par Marmorarme hans hede og sitrende Krop.

Så standsede hun, men han blev ved. Sammenkrøben sad hun i sin Gynge; æggende ham ved dæmpede, ligesom knurrende Tilråb sad hun i Mørket og betragtede ham.

Fritz stønnede og greb, i Nedfart, om det svingende Reb: det så ud, som styrtede han ned — bort i det store Mørke.

Aimée blev siddende i sin Gynge: hun hørte hans Fald i Nettet. Så lød hans Skridt i Manegens Jord — Trin, der hastigt døde hen.

Der var ganske mørkt. Kun fra Kuplen kom et dæmpet Lys. Hele det uhyre Rum lå hen i Tavshed.

Sammenkrøben sad Aimée endnu i Trapez'en mellem Net og Tove. Så rejste hun sig. Det raslede sagte med Hængsler og Gynger og Snore.

Der løftedes, der prøvedes.

Som en Skygge færdedes Aimée i Mørket, travl, som i et Værksted.

Gyngernes Messingduppe lyste, som var de Kattes Øjne.

Ellers var der mørkt.

Sagte slog Gyngernes Reb.

Ellers var der tyst. —

Længe puslede Aimée i Kuplen.

Så lød der en høj Stemme nede fra Manegens Mørke.

Det var Fritz, der kaldte:

— Aimée, Aimée.

— Ja, Jeg kommer, lød det.

Aimée tog fat om den høje Snor. Hun gled langsomt ned, som hun et Nu svævede tavs over ham, der ventede:

— Jeg kommer, sagde hun igen og nåede ham.

VIII

"De fire Djævle" skulde have Benefice.

Det var Aftenen før — efter Forestillingen. Fra Cirkus drev Publikum hjem.

Adolphe bankede på Aimées og Louises Dør og de gik alle hen gennem Gangen.

Ingen af dem talte, og stille satte de sig ved Restaurantens vante Bord. Sejdlerne kom, og de drak i Tavshed. Det var, som gjorde Aimée selv den mindste Bevægelse — Måden blot, hvorpå hun tog om Glasset — betænksomt og så langsomt som målte hun alt, selv det ringeste.

Der var Støj i Restauranten. Bib og Bob holdt Fødselsdag, og en Kreds af Artister slog sig ned om deres Bord.

En gjorde Taskenspillerkunster, og Klovnen Trip gav

Æslet Rigolo ved at vrikke med sin Bag.

"Djævlene" blev ved at sidde i deres Krog.

Stille forsvandt Balletdamerne, der havde ventet langs Væggene; de blev hentet af hastige Herrer. Ved et Sidebord spillede Agenterne Kort.

Klovnerne blev ved at støje. En af dem spillede på Ocarino, og en halv Snes "Cri-Cri" svarede. Klovnen Tom overrakte som Gave Kollegaen Bob et Kålhoved, der var fyldt med Snus, og alle begyndte at snuse og nyse, snuse og nyse i et Kor, mens "Cri-Cri"erne skreg. Oppe på Bordet gav Klovnen Trip bestandig Æslet Rigolo med vrikkende Bagdel.

"Djævlene" sad der endnu.

"Plakatmanden" kom ind med Klisterpotte og Taske og slog Programmet for imorgen op på to Tavler. Det bar tre Gange *Les quatre diables"* Navn.

Adolphe rejste sig, og han gik hen og læste på det. Han bad en af Agenterne oversætte det, og Agenten rejste sig fra Spillebordet og oversatte langsomt fra det fremmede Mål, mens Adolphe hørte til:

"Idet vi forsikrer et højtæret Publikum og alle Velyndere, at vi til denne vor Forestilling skal opbyde alt, tegner vi ærbødigst
Les Quatre Diables".

Adolphe nikkede, mens han ligesom fulgte Ord efter Ord den fremmede Tekst. Så vendte han tilbage til Bordet, og stirrende hen på Plakaten med de vældige Typer, målende den med et tilfreds Blik, sagde han:

— Go'e Bogstaver.

Og Louise og Fritz stod også op og gik hen og betragtede den, én efter én.

"Cri-Cri"erne hvinte, som skulde alle Ørehinder spræn-ges. Klovnen Tom musicerede ved at anbringe små, pibende Instrumenter i sine udspilede Næsebor.

Også Aimée havde rejst sig. Hun stod stille bag Fritz og Louise, mens Agenten blev ved at oversætte de samme Ord:

"tegner vi ærbødigst
Les Quatre Diables".

Louise lo, vrissende af det fremmede Mål; og de begynd-te at gøre Nar ad Bogstaverne, ad Lydene, som Agenten sagde for, ad de mærkelige Ord, vrængende begge to den samme Sætning: tegner vi ærbødigst — — —

Det lød så komisk, at de Andre kom til; og de begynd-te Alle — Klovner og Gymnastikere og Damer — at le og råbe og vrænge, højt, hver med sin Akcent, mens det hele druknede i Latter, de samme Ord, i et stort, højrøstet For-vredenhedens Kor:

"tegner vi ærbødigst
Les Quatre Diables".

"Cri-Cri"erne skreg. Højt oppe på to Borde vrikkede Trip fanatisk med Æslet Rigolos Bag.

Så lo også Aimée, højt og længe — sidst, mens lidt efter lidt Støjen standsede.

"Djævlene" vendte tilbage til deres Plads. Adolphe tog Pengene frem og lagde dem ved Siden af deres Sejdler. Så stod de tre op, men Fritz blev siddende. Han skulde ikke hjem.

— Godnat, sagde Adolphe og Louise.

— Godnat, svarede Fritz kun og rørte sig ikke.

Aimée blev stående: et Nu betragtede hun ham, som led

hun endnu en Gang ved Tanken om denne, den sidste Nat.

— *A demain, Aimée,* sagde han.

Langsomt flyttede hun Øjnene fra ham:

— *A demain.*

Hun gik ud i den store Gang. Der var mørkt. Plakat-mandens Lygte stod på Jorden — Plakatens gule Papir lyste frem i Skæret imod hende. De to Andre ventede foran Porten. Hun fulgte efter, ene.

Der var dødt og tyst mellem de høje Huse.

Aimée betragtede de store Stenmasser, med Ruderne, deres Øjne, Fremmedes Øjne. Himlen var høj og klar. Aimée betragtede Stjernerne, som de sagde var Verdener. Andre Verdener.

Påny så hun henover Huse og Døre og Ruder og Lygter og Gadens Stene — som var hver en Ting et besynderligt Under — som hun så for første og eneste Gang.

— Aimée, kaldte Louise.

— Ja, jeg kommer.

Hun stirrede igen på de lange Husrækker, tavse og mørke og lukkede, Stenhus ved Stenhus, mellem hvilke hendes Skridt døde hen ....

Bag hende skreg de smældende "Cri-Cri", og hun hørte Klovnerne le.

— Aimée, kaldte Louise igen.

— Ja.

Aimée nåede dem. Arm i Arm stod de to, med en Lygtes Lys ind over deres Ansigt, og ventede hende.

Louise slog Nakken tilbage og pustede let ud i Luften:

— Du milde Gud, sagde hun, kommer Du med?

Og, lænet til Adolphes Arm, stående dér i Lyset fra Lygten, så hun ned ad den døde og fremmede Gade, fra hvilken de kom, og hvis Halvmørke lukkede sig bag hende.

— Den er behagelig, sagde hun: sådan en Gade.

Og idet hun atter leende begyndte at vrænge på disse tre højst komiske Ord: "tegner vi ærbødigst", sagde hun med et sidste Blik ned mod den kolde Gade:

— Ja, hvad mon den hedder?

— Å, sagde Adolphe: man trækker gennem så mange Gyder.

Og de gik videre, ind mellem de næste Rækker Huse.

— — —

Fritz var bleven siddende. De Andre, de ved Klovnbordet, bød ham på et Glas. Men han rystede kun på Hovedet. Og en af Klovnerne råbte, mens Alle lo:

— Å, han har noget bedre, han — Godnat.

De Andre løftede deres Glas, og de blev ved at le: Bib og Bob havde lavet en Fiskesnøre og fiskede alle Artisternes Hatte ned af Knagerne.

Fritz rejste sig, og han gik over mod Restaurantens Døre, der stod åbne ud til Gaden, og han satte sig ved et Bord ude på Fortovet under et Par Laurbærtræer.

En endeløs Lede, en navnløs Væmmelse lå over ham.

Han så de tiskende Par, der gik frem og tilbage trykkende sig ind til hinanden. I Skyggen næbbedes de og lo forliebt. Kvinder vrikkede, og Mænd svajede Ryg, kroende sig for hinanden som Markens Dyr, der vil parres .....

Pludselig lo Fritz kort og brat.

Han tænkte på Klovnen Tim, som de kaldte Herren med Hundene: ja han havde haft Ret.

Fritz så Tim for sig med hans Ansigt, stille og lige, sørgmodigt ligesom på en Billedstøtte, med Munden buet og rød og fin og tungsindig, som en Kvindes Mund.

Fritz så ham hjemme i hans Logis, den store Stue, hvor han havde bygget Hus til sine Hunde, et Hus med to Etager, hvor alle Hundene boede over hinanden ...

Der lå de, Dyrene, hver i sit Rum, stille, med Hovedet ud af Hullet og bare stirrede, med Øjne, der var ligeså sørgmodige som Tims.

Og Tim sad midt iblandt dem.

Sådan et stilfærdigt Selskab som det var ....

Alle Hundene var kastrerede.

Tim havde fået et nyt Dyr. En Dag, Fritz kom derop, lå det blodigt og lemlæstet på et Tæppe.

— Så, sagde Tim og så ned på den sårede Hund med sine matblanke Øjne: nu er det Dyr mere menneskeligt end Menneskene ....

Ja, Tim havde Ret: Menneskene var Dyr. Der var ingen Forskel på denne Verdens Skabninger: Blev vi ikke Alle født i en Pøl af Blod, og vi døde i en Pøl af Stank.

Og de Livsens Øjeblikke, hvor vi *levede*, var dyriske, så dyriske som Begyndelsen var og Enden var.

Fritz blev ved at se ud på disse Par, som kurrende gik forbi, og han betoges af et tilbagestængt, ætsende Raseri mod disse Tå-løbere, Øjesmiskere, Hyklere:

Dyr var de, Dyr, som vilde mætte sig.

Tåber var de: Tåber var vi alle.

Vi hægede os, vi plejede os, vi arbejdede med tusindfold Møje. Vi gav Dage hen, År hen, vor Ungdom hen, vor Kraft hen, vor Hjernes Opfindsomhed hen — og en Dag har Dyret rejst sig, Dyret i os, som vi er.

Fritz lo. Og han følte uvilkårligt på dette sit Legeme, plejet et helt Liv, lagt øde på et kvart År.

En Artist kom ud gennem Døren. Han ventede et Øjeblik, så kom hans Mage ud, og de vraltede frem ad Fortovet.

Fritz så efter dem, og han blev ved at le.

Og så de, der giftede sig, de for Livstid parrede, som åd

deres daglige Brød og tjente Forplantningen.

Mistede ikke de deres Krop? og som tykke Droner bulnede de ud og lagde sig Bug til under Regelmæssighed? Og opdrættede Børn til Fortsættelse.

Tåber — Tåber.

Fritz blev ved at stirre på de vandrende Par. De blev mere ømme. De jagtende blev mere nærgående. De søgte ind i Skyggen, og de købslog mer uforblommet.

Inde larmede Klovnerne. "Cri- Cri"'erne skreg. Ud lød det over alle Hoveder, ind i alle Ansigter, til alle Par — som Idiotiens Triumfsang.

Fritz stod op.

Han slængte et Pengestykke på Bordet.

Så gik han.

Inde i Restaurationen steg Halløjet. De vrælte, de skreg og de lo. Det var Trip, som begyndte at synge. Og pibende, fløjtende, kaglende faldt de Alle i; med Klovngrimacer, med Gebærder fra Manegen, med vrængende Munde sang de:

Amour, amour,
oh, bel oiseau,
chante, chante,
chante toujours.

Udenfor på Fortovet standsede Parrene, så ind ad Døre og ad Vinduer, og, lænede til hinanden, lo de.

Så nynnede de, to og to, Klovnernes Melodi. Helt ud i Mørket hørte man dem nynne.

Amour, amour,
oh, bel oiseau,

chante, chante,
chante toujours.

Fritz var kommen ud på Pladsen. Inde så han de gale Klovner, ude de elskende Par, Hovederne gik, blidelig, følgende Takten.

Og pludselig begyndte Akrobaten at le; lænet op til en Lygte lo han og lo han, vildt, vanvittigt, ganske ustyrligt.

Der kom en Ordenens Håndhæver hen og stirrede på denne Herre i Silkehat, der forstyrrede den offentlige Fred.

Men Herren blev blot ved at le, så han rystede, mens han forsøgte at synge:

Amour, amour,
oh, bel oiseau,
chante, chante,
chante toujours.

Så gav også Ordenens Vogter sig til at le, lige på én Gang, uden at vide hvorfor. Men derinde blev de ved:

Amour, amour,
oh, bel oiseau,
chante, chante,
chante toujours.

Fritz vendte sig. Han gik *der* hen.

IX

Endnu en Gang drønede Bifaldet, og Louise viste sig igen.

Så begyndte Staldmestrene at trække det store Net sammen. Det lød, som om Storsejl hejstes, mens Musiken tav.

— Hr. Fritz og Mlle. Aimée vil uden Net udføre det store Spring.

Et Par Staldkarle rev med store River Manegens Sand. Så var der færdigt. Staldmestrene ventede som en skuldrende Garde.

Amour, amour,
oh, bel oiseau,
chante, chante,
chante toujours.

Fritz og Aimée kom med hinanden i Hånden. Hilsende bukkede de midt mellem de tilkastede Blomster. Så svang de sig op i de lange, ventende Tove.

Tusinders Øjne fulgte dem.

Nu nåede de. Et Sekund hvilte de ved Siden af hinanden.

Der gik som et Gys gennem Mængden, da Fritz slap og fo'r frem — et Gys, der sitrede som over et eneste Legeme.

Men de havde aldrig arbejdet sikrere. I den åndeløse Stilhed lød Hændernes Tag fast om de raslende Gynger.

Fritz fløj frem og tilbage.

Aimées Øjne hang på ham — store og matte i Glans som et Par Lamper, der snart vilde slukkes.

Valsen steg, og Gyngernes Leg blev voldsommere.

Som stakåndet kom det ængstede Bifald.

Amour, amour,
oh, bel oiseau,
chante, chante,
chante toujours.

Nu løste Aimée sit Hår, som vilde hun hylle sig ind i en dunkel Kåbe; oprejst ventede hun i Gyngen foran Fritz. De store Spring begyndte.

De fløj, de fo'r. Som Fugles Skrig lød deres Kommando-ord over Valsen, og det var, som alle Tanker forvirredes.

— *Aimée, du courage.* Han fløj igen.

— *Enfin du courage.*

Han greb igen.

Aimée så kun ham — hans Legeme; hun syntes, at det lyste. Bifaldet tog på igen; det drønede. Valsen steg; den jublede.

Han ventede foran hende.

Aimée vidste kun, at hun pludselig løftede sin Hånd, og svingende vidt ud fra den svajende Gynge løste hun Hængs-let der holdt den.

Og Fritz fo'r frem.

Hun så ikke mer, og der lød intet Skrig.

Som faldt der en Sandsæk mod Manegens Jord, hørtes det kun, da hans Legeme faldt.

En Tusindedel af et Nu ventede Aimée i sin Gynge: Hun vidste ikke, at Døden var Vellyst før nu .... da hun slap og skreg og styrtede.

— — —

Nu var der stille i Cirkus.

Som om alle Bånd sprængtes, var Hundrederne flygtede i Forfærdelse. Mænd satte over Barrieren og løb, Kvinder stuvedes sammen i Indgangene og flygtede.

Ingen ventede, alt flyede. Kvindernes Skrig hørtes som knivstuknes.

Tre Læger løb til og knælede ned hos Ligene ...

Så var der blevet tyst. Som vilde de gemme sig, listede Artisterne rundt i deres Garderober uden at klæde sig af. Lydt var der, så hver lille Støj skræmte.

En hviskende Staldkarl kom hen til den ventende Læge, og de løftede Ligene op og lagde dem i det samme Sejl.

De bar dem tavse ud, hen gennem Gangen og Stalden, hvor Hestene blev urolige i deres Båse. Artister fulgte som et underligt Sørgetog, i Pantomimens mange Dragter.

Den store Rustvogn ventede.

Det var Adolphe, som steg op og lagde dem derind i Mørket, — de to, først Aimée og så Broderen, ved Siden af hinanden. Deres Hænder var faldne så dumpt ned mod Rustvognens Bund.

Så slog de Døren til.

Der hørtes et Skrig igen, og en Kvinde løb frem og klamrede sig til den sorte Vogn. Det var Louise, som de langsomt slæbte bort .....

— — —

En Kelner fra Restauranten løb gennem den lange Gang, skræmt af en Spøgelsefrygt, midt i Lyset.

Han skreg på en Læge:

Der var en Dame, som lå i Krampe i Restauranten.

Der kom en af de tre Læger til, og der råbtes på en Vogn ....

Den kørte frem, med prangende Våben på Dørene, og en Dame blev, støttet af Lægen, ført ud ...

Hendes Ekvipage måtte standse et Nu. Det var Rustvognen, som spærrede Gaden.

Så kom Ekvipagen frem og kørte videre.

På Passagen var der Lys og Mylder. To unge Mænd var standsede under en Lygte. Med glade og frittende Øjne så de ud over det store Marked ...

To andre kom til og fortalte om "Begivenheden".

Der bandedes noget, og man forklarede det foregåede med mange Håndbevægelser. Så drog de to Nyhedsbringere videre.

De to andre Gentlemen blev stående.

Den ene af dem slog med Stokken ned i Brostenene:

— Nå, sagde han: *Mon dieu, les pauvres diables.*

Og lidt efter begyndte de at nynne igen med Øjnene ud mod den myldrende Mængde:

> *Amour, amour,*
> *oh, bel oiseau,*
> *chante, chante,*
> *chante toujours.*

De sølvknappede Stokke lyste. Unge Mænd slentrede frem i lange Kapper ....

> *Amour, amour,*
> *oh, bel oiseau,*
> *chante, chante,*
> *chante toujours.*

Der var netop den Aften meget livligt på Markedet.